1902 - Décembre. 15

OEUVRES

DE

Daniel Vierge

AQUARELLES

DESSINS

TABLEAUX

Décembre 1902

COMMISSAIRE-PRISEUR

Me LEON TUAL

EXPERT

M. PAUL ROBLIN

IMPRIMERIE

DE LA

GAZETTE DES BEAUX-ARTS

8, rue Favart

PARIS

ŒUVRES

DE

DANIEL VIERGE

ŒUVRES

DE

DANIEL VIERGE

TABLEAUX
AQUARELLES et DESSINS

ayant servi à illustrer

Le Duc et le Sculpteur

Don Quichotte

La Guerre Anglo-Boër

La Fauve

Costumes, Scènes historiques, Paysages
Sujets de mœurs, etc.

Dont la vente aura lieu

HOTEL DES COMMISSAIRES-PRISEURS

Rue Drouot, 9 — Salle N° 8

Le Lundi 15 décembre 1902

à deux heures et demie

COMMISSAIRE-PRISEUR	EXPERT
M° LÉON TUAL	M. PAUL ROBLIN
56, rue de la Victoire	65, rue Saint-Lazare

EXPOSITION PUBLIQUE

Le Dimanche 14 décembre 1902, de 2 heures à 5 heures 1/2

CONDITIONS DE LA VENTE

Elle sera faite au comptant.

Les acquéreurs paieront *dix pour cent* en sus des prix d'adjudication.

PREFACE

Voici une vente fort importante et qui marquera une date dans l'histoire des dessins de notre siècle.

Un des maîtres les plus incontestés et les plus réputés de l'illustration, un virtuose de la plume, de la gouache et de l'aquarelle, consent, pour la première fois, à se séparer, par une vente publique, de quelques-unes des pièces qu'il conservait jalousement, dans l'antique bahut qui orne, parmi tant de cadres enserrant des merveilles, son immense atelier de Boulogne-sur-Seine.

Ces œuvres, on les verra à l'exposition qui précédera la vente. La plupart sont inconnues; quelques-unes, comme le Gardeur de dindons et la Baie de Fontarabie, ont fait l'admiration des connaisseurs à l'Exposition de 1900; d'autres aquarelles, aussi puissantes, aussi fougueuses, aussi étincelantes, ont été ajoutées à celles-ci, et montreront Daniel Vierge sous un de ses aspects les plus séduisants.

La caractéristique de cette exposition — et de cette vente — sera de donner de Vierge une idée complète et d'ensemble, telle qu'on ne l'a eue qu'une fois encore, à l'Art Nouveau, en 1898. On y retrouvera les dessins du Don Quichotte, qui furent si remarqués alors, et quatre de ses rarissimes peintures, riches et pleines, qui rappellent le mot de Goncourt : « L'avenir est à la belle pâte ». Il y aura, naturellement, des dessins d'actualité et des illustrations, les deux manifestations capitales du talent de Vierge, dont tour à tour le Monde illustré, le Michelet et le Pablo de Ségovie ont porté la renommée au plus haut point.

M. Roger Marx a dit excellemment du dessin d'actualité de Vierge que « c'est, victorieusement poursuivie, la lutte de l'école moderne en faveur de la vérité et de l'expression ». Il en est de même de son illustration, qui a haussé et grandi jusqu'à l'effet du tableau, les scènes épisodiques qu'il avait à traiter.

Si l'on examine, notamment, les vingt compositions qui ont servi à illustrer, en Espagne, un poème de Zorilla, Le Duc et le Sculpteur, et que l'on voit ici pour la première fois, — comme du reste l'illustration qui n'a jamais paru de La Fauve, de Rosny, — on est frappé, et de la franchise avec laquelle la scène se présente et de sa disposition imprévue et artiste, et de son élargissement au delà des limites d'une illustration pure. Le peintre, on le sent, tout en se subordonnant au texte, y a mis de sa verve propre, et mieux encore, y a insufflé de la vie. Il a regardé au dehors; il a capté la lumière, surpris le mouvement des hommes et des bêtes, inscrit le grouillement des foules dans des silhouettes précises et fugaces, que la clarté et l'ombre se disputent. Il a fait tout cela, de cette main ardente — mais moins ardente encore que son imagination — en jetant, avec une prestesse et une intelligence infinies, les touches de gouache et d'encre de Chine, les accents à la plume ou au crayon, toutes ces notes vives et justes dont on ne sait ce qu'on doit le plus admirer, de leur sûreté ou de leur esprit.

J'en ai assez dit, la place m'est mesurée. Ces quelques lignes n'ont point du reste pour objet de présenter un artiste, célèbre dans les deux mondes, mais simplement de placer, en tête de ce catalogue, un avertissement au lecteur et de rendre l'hommage qui est dû à un des maîtres de notre temps.

CLÉMENT-JANIN

DÉSIGNATION

TABLEAUX

1. — Boulevard de Paris, par un temps de pluie.

   Bois.

   Signé.

   Haut. : 22 cent.; Larg. : 32 cent.

2. — Tête de vieillard à longue barbe.

   Bois.

   Signé.

   Haut. : 40 cent.; Larg. : 32 cent,

3. — Etude de berger espagnol.

        Bois.

        Signé.

                Haut. : 40 cent. ; larg. : 32 cent.

4. — Intérieur de Cour en Espagne.

        Esquisse sur carton.

        Signé.

                Haut. : 24 cent. ; larg. : 35 cent.

VINGT COMPOSITIONS

pour illustrer

Le Duc et le Sculpteur

Poésie de Zorilla

Édition espagnole

5. — Voici une vierge, mais elle est de facture grossière.

> Plume et lavis rehaussé de gouache.
>
> Signé et daté 1892.
>
> > Haut. : 35 cent. ; Larg. : 26 cent.

6. — Après quarante jours de travail sans trêve, le sculpteur termine sa madone.

> Plume et lavis rehaussé de gouache.
>
> Signé et daté 1892.
>
> > Haut. : 35 cent. ; Larg. : 25 cent.

7. — Un jour, vers les quatre heures de l'après-
midi, il y avait grande affluence près du
cloître d'un couvent.

   Plume et lavis rehaussé de gouache.

   Signé et daté 1892.

   Haut. : 35 cent.; Larg. : 26 cent.

8. — Il resta longtemps regardant d'un regard
sévère la sculpture vénérable, le visage
froid...

   Plume et lavis rehaussé de gouache.

   Signé et daté 1892.

   Haut. : 35 cent.; larg. : 26 cent.

9. — La pluie menaçait, la nuit était épaisse et
froide, une de ces nuits qui font qu'on
presse le pas et qu'on s'emmitouffle dans
des voiles.

   Plume et lavis rehaussé de gouache.

   Signé et daté 1892.

   Haut. : 35 cent.; Larg. : 26 cent.

10. — La porte s'ouvrit et les deux hidalgos
entrèrent un à un. Tous deux restèrent
muets, stupéfaits.

   Plume et lavis rehaussé de gouache.

   Signé et daté 1892

   Haut. : 35 cent.; Larg. : 26 cent.

11. — Tisbé resta seule; elle vint s'accouder à la
fenêtre, les yeux pleins de larmes, le cœur
rempli de crainte.

Plume et lavis rehaussé de gouache.

Signé et daté 1892.

Haut. : 35 cent.; Larg. : 26 cent.

12. — Un homme s'approche rapidement et d'une
main ferme lance par la grille un papier et
lui demande une réponse.

Plume et lavis rehaussé de gouache.

Signé et daté 1892.

Haut. : 35 cent.; Larg. : 26 cent.

13. — N'ouvre pas cette lettre, Pierre! — Ne vaut-
il pas mieux savoir quel mal nous porte ce
message.

Plume et lavis rehaussé de gouache.

Signé et daté 1892.

Haut. : 35 cent.; Larg. : 26 cent.

14. — En vain, la belle se jette à ses genoux.

Plume et lavis rehaussé de gouache.

Signé et daté 1892.

Haut. : 35 cent.; Larg. : 26 cent.

15. — La malheureuse pousse un cri, et affolée,
court vers le palais du duc.

> Plume et lavis rehaussé de gouache.
>
> Signé et daté 1892.
>
> Haut. : 35 cent.; Larg. : 26 cent.

16. — L'audacieux Torrigiano s'avance dans l'esca-
lier du duc, monte les marches quatre à
quatre et traverse les pièces l'une après
l'autre.

> Plume et lavis rehaussé de gouache.
>
> Signé et daté 1892.
>
> Haut. : 35 cent.; Larg. : 26 cent.

17. — Voici votre argent. Je ne veux pas vendre
ma statue, rendez-là moi. Et le Torrigiano
lança sur la table la bourse qu'il avait reçu
en paiement, le matin.

> Plume et lavis rehaussé de gouache.
>
> Signé et daté 1892.
>
> Haut. : 35 cent.; Larg. : 26 cent.

18. — Ses mains ne pouvaient suffire à parer les coups
si violents et de si formidables estocades.

> Plume et lavis rehaussé de gouache.
>
> Signé et daté 1892.
>
> Haut. : 35 cent.; Larg. : 26 cent.

19. — Maudite sois-tu! s'écria-t-il et il brisa la madone de son épée. A ce moment entrèrent des pages, des archers et des gardes.

Plume et lavis rehaussé de gouache.

Signé et daté 1892.

Haut. : 34 cent.; Larg. : 25 cent.

20. — Qu'on le mène à l'inquisition, il profane les images saintes; s'il résiste, qu'on le ligotte, s'il crie, un baillon.

Plume et lavis rehaussé de gouache.

Signé et daté.

Haut. : 35 cent.; Larg. : 26 cent.

21. — Pauvre Tisbé! C'est en vain que tu l'attends sous cette voûte, passant tes nuits et tes jours, à la porte du Saint-Office.

Plume et lavis rehaussé de gouache.

Signé et daté 1892.

Haut. : 35 cent.; Larg. : 26 cent.

22. — Vous aimez passionnément les armes? Si l'on vous en donnait une?....

Plût à Dieu!

Plume et lavis rehaussé de gouache.

Signé et daté 1892.

Haut : 35 cent.; Larg. : 25 cent.

23. — Ses mains serrées convulsivement et jointes
avec force gardaient un objet qui se devinait
à peine.

Plume et lavis rehaussé de gouache.

Signé et daté 1892.

Haut. : 34 cent.; Larg. : 25 cent.

24. — Sa barbe descendait jusqu'à la poitrine, son
souffle était violent, et sa voix rauque. Bien
plus que d'un artiste, il avait l'air d'un
porte-étendart.

Aquarelle rehaussée de gouache.

Signé et daté 1892.

Haut. : 35 cent.; Larg. : 25 cent.

DIX COMPOSITIONS

pour

DON QUICHOTTE

de Miguel Cervantes

25. — Don Quichotte, dans sa bibliothèque, lisant un roman de chevallerie.

> **Plume et mine de plomb.**
>
> **Signé.**
>
> Haut. : 28 cent.; Larg. : 43 cent.

26. — Don Quichotte, cherchant quel nom, il donnera à sa monture.

> **Plume et lavis rehaussé de gouache.**
>
> **Signé.**
>
> Haut. : 22 cent.; Larg. : 13 cent.

27. — Arrivée de Don Quichotte à l'hôtellerie.

> **Plume et lavis rehaussé de gouache.**
>
> **Signé.**
>
> Haut. : 36 cent.; Larg. : 23 cent.

28. — Don Quichotte demande à l'hôtellier de l'armer chevalier.

> **Plume et lavis rehaussé de gouache.**
>
> **Signé.**
>
> Haut. : 19 cent.; Larg. : 25 cent.

29. — La veillée des armes.

> Plume et lavis rehaussé de gouache.
>
> Signé.
>
> > Haut. : 36 cent. ; Larg. : 26 cent.

30. — Don Quichotte revêtu de son armure.

> Plume et lavis rehaussé de gouache.
>
> Signé.
>
> > Haut. : 28 cent. ; Larg. : 17 cent.

31. — Muletier versant à boire à Don Quichotte.

> Plume et lavis rehaussé de gouache.
>
> Signé.
>
> > Haut. : 37 cent. ; Larg. : 26 cent.

32. — Combat entre Don Quichotte et un muletier biscaïen.

> Plume.
>
> Signé.
>
> > Haut. : 95 mill. ; Larg. : 145 mill.

33. — Muletiers frappant Rossinante.

> Plume.
>
> Signé.
>
> > Haut. : 19 cent. ; Larg. : 29 cent.

34. — Deuxième sortie de Don Quichotte.

> Plume et lavis rehaussé de gouache.
>
> Signé.
>
> > Haut. : 23 cent. ; Larg. : 17 cent.

SIX COMPOSITIONS INÉDITES

pour

LA FAUVE

Roman, par J.-H. ROSNY

(Ces dessins n'ont pas été publiés)

35. — L'auteur renversé par une voiture.

  Plume et lavis rehaussé de gouache.

  Signé.

     Haut. : 3o cent. ; Larg. : 25 cent.

36. — Répétition de la pièce.

  Plume et lavis rehaussé de gouache.

  Signé.

     Haut. : 33 cent. ; Larg. : 28 cent.

37. — L'actrice à sa toilette.

  Plume et lavis rehaussé de gouache.

  Signé.

     Haut. : 3o cent. ; Larg. : 27 cent.

38. — Avant l'entrée en scène.

Plume et lavis rehaussé de gouache.

Signé.

Haut. : 42 cent. ; Larg. : 31 cent.

39. — Promenade des deux amants.

Plume et lavis rehaussé de gouache.

Signé.

Haut. : 32 cent. ; Larg. : 23 cent.

40. — Le salon de l'actrice.

Plume et lavis rehaussé de gouache.

Signé.

Haut. : 33 cent. ; Larg. : 27 cent.

TRENTE COMPOSITIONS

ayant servi à illustrer

la Guerre Anglo-Boër

Histoire et récits d'après les documents
officiels, par J.-H. Rosny

Paris 1902

41. — Attaque du camp de Glencoe (1" fascicule,
page 21).

> Plume et lavis, rehaussé de gouache.

> Signé.

> Haut. : 31 cent.; Larg. : 42 cent.

42. — La retraite se changeait en déroute (3' fascicule, page 50).

> Plume et lavis rehaussé de gouache.

> Signé.

> Haut. : 31 cent.; Larg. : 44 cent.

43. — Les Boërs sous le feu de l'artillerie (3' fascicule, page 60).

> Plume et lavis rehaussé de gouache.

> Signé.

> Haut. : 47 cent. ; Larg. : 35 cent.

44. — Épisode des canons à la bataille de Colenso
(4' fascicule, page 84).

> Plume et lavis rehaussé de gouache.

> Signé.

> Haut. : 40 cent. ; Larg. : 3o cent.

45. — Tentative pour s'emparer d'un Long-Tom
(5' fascicule, page 108).

> Plume et lavis rehaussé de gouache.

> Signé.

> Haut. : 46 cent. ; Larg. : 34 cent.

46. — Le général Joubert visitant les commandos
devant Ladysmith (6' fascicule, page 121).

> Plume et lavis rehaussé d'aquarelle.

> Signé.

> Haut. : 35 cent. ; Larg. : 46 cent.

47. — Boërs plaçant des fils de fer pour arrêter
les charges de l'ennemi... (7ᵉ fascicule,
page 156).

Plume et lavis rehaussé de gouache.

Signé.

Haut. : 36 cent.; Larg. : 46 cent.

48. — Les Highlanders attaquant le centre de
la position des Boers à Maggersfontein
(8ᵉ fascicule , page 180).

Plume et lavis rehaussé de gouache.

Signé.

Haut. : 36 cent.; Larg. : 47 cent.

49. — Attaque des Anglais embarrassés par des fils
de fer (9ᵉ fascicule, page 193).

Plume et lavis rehaussé d'aquarelle.

Signé.

Haut. : 36 cent.; Larg. : 48 cent.

5o. — Le meeting de Trafalgar Square (10ᵉ fascicule,
page 228).

Plume et lavis rehaussé de gouache.

Signé.

Haut. : 45 cent.; Larg. : 3o cent.

51. — Enterrement des morts, la nuit, sur le champ
de bataille (11ᵉ fascicule, page 252).

> Plume et lavis rehaussé de gouache,
>
> Signé.

> Haut. : 34 cent. ; Larg. : 48 cent.

52. — Burghers chantant des hymnes pendant la
nuit (12ᵉ fascicule, page 276).

> Plume et lavis rehaussé de gouache.
>
> Signé.

> Haut. : 43 cent. ; Larg. : 33 cent.

53. — Retraite précipitée d'une batterie sur le
centre de Modder-River (13ᵉ fascicule,
page 300).

> Plume et lavis rehaussé de gouache.
>
> Signé.

> Haut. : 36 cent. ; Larg. : 48 cent.

54. — La guerre aux femmes et aux enfants (14ᵉ fascicule, page 323).

> Plume et lavis rehaussé de gouache.
>
> Signé.

> Haut. : 36 cent. ; Larg. : 47 cent.

55. — Conseil de guerre dans la tente du général
Joubert à Modderspruit (15ᵉ fascicule,
page 348).

> Plume et lavis rehaussé de gouache.
>
> Signé.
>
> Haut. : 45 cent.; Larg. : 31 cent.

56. — Déplacement d'un Long-Tom autour de
Ladysmith (16ᵉ fascicule, page 361).

> Plume et lavis rehaussé d'aquarelle.
>
> Signé.
>
> Haut. : 35 cent.; Larg. : 47 cent.

57. — Les Boërs dans leurs tranchées, repoussent
la charge des Anglais (17ᵉ fascicule, page
396).

> Plume et lavis rehaussé de gouache.
>
> Signé.
>
> Haut. : 37 cent.; Larg. : 48 cent.

58. — Bataille de Stromberg (18ᵉ fascicule, p. 420).

> Plume et lavis rehaussé de gouache.
>
> Signé.
>
> Haut. : 35 cent.; Larg. : 47 cent.

59. — Boërs surpris, arrêtant une charge de cavalerie anglaise (19ᵉ fascicule, page 444).

> Plume et lavis rehaussé de gouache.
>
> Signé.
>
> Haut. : 35 cent.; Larg. : 47 cent.

60. — Femmes et enfants se dirigeant vers les camps
de concentration (20ᵉ fascicule, page 468).

> Plume et lavis rehaussé de gouache.
>
> Signé.
>
> Haut. : 32 cent.; Larg. : 45 cent

61. — Les Anglais ravagent l'État Libre (21ᵉ fascicule,
page 492).

> Plume et lavis rehaussé de gouache.
>
> Signé.
>
> Haut. : 34 cent.; Larg. : 45 cent.

62. — Dewet rompant la ligne des Blockhaus
(22ᵉ fascicule, page 516).

> Plume et lavis rehaussé de gouache.
>
> Signé.
>
> Haut. : 34 cent.; Larg, : 46 cent.

63. — Le Président Steijn haranguant les Burghers
(23ᵉ fascicule, page 510).

Plume et lavis rehaussé de gouache.

Signé.

Haut. : 33 cent. ; Larg. : 45 cent.

64. — Cavalerie anglaise fuyant devant l'incendie du
Veld (24ᵉ fascicule, page 553).

Plume et lavis rehaussé d'aquarelle.

Signé.

Haut. : 36 cent. ; Larg. : 48 cent.

65. — Boërs défendant une rivière (25ᵉ fascicule,
page 588).

Plume et lavis rehaussé de gouache.

Signé.

Haut. : 33 cent. ; Larg. : 46 cent.

66. — Boërs prisonniers après Paardeberg (26ᵉ fascicule, page 612).

Plume et lavis rehaussé de gouache.

Signé.

Haut. : 33 cent. ; Larg. : 45 cent.

67. — Combat de Sanna's Post (27' fascicule, page 636).

> Plume et lavis rehaussé de gouache.

> Signé.

> Haut. : 36 cent. ; Larg. : 46 cent.

68. — Prisonniers anglais relâchés après avoir été dépouillés de leurs vêtements (28' fascicule, page 660).

> Plume et lavis rehaussé de gouache.

> Signé.

> Haut. : 36 cent. ; Larg. : 47 cent.

69. — Colonne des Boërs de Dewet ramenant des prisonniers (29' fascicule, page 673).

> Plume et lavis rehaussé d'aquarelle.

> Signé.

> Haut. : 42 cent. ; Larg. : 33 cent.

70. — Anglais prisonniers des Boërs (30' fascicule, page 708).

> Plume et lavis rehaussé de gouache.

> Signé.

> Haut. : 36 cent. ; Larg. : 46 cent.

Dessins et Aquarelles

SUJETS VARIÉS

71. — Une cour à Salamanque.

> Aquarelle.
>
> Signée.
>
> > Haut. : 27 cent.; Larg. : 39 cent.

72. — Une discussion.

> Aquarelle.
>
> Signée.
>
> > Haut. : 38 cent.; Larg. : 46 cent.

73. — Gardeur de dindons.

> Aquarelle.
>
> Signée.
>
> > Haut. : 33 cent.; Larg. : 24 cent.

74. — Femme espagnole tenant un pot de miel.

Aquarelle.

Signée.

Haut. : 28 cent. ; Larg. : 22 cent.

75. — Cave espagnole.

Plume et aquarelle.

Signé.

Haut. : 25 cent. ; Larg. : 34 cent.

76. — Paysage, coteau de Meudon.

Aquarelle.

Signée.

Haut. : 26 cent. ; Larg. : 43 cent.

77. — Paysage, habitation à Boulogne-sur-Seine, avec vue panoramique de Sèvres et de Meudon.

Aquarelle.

Signée.

Haut. : 31 cent. ; Larg. : 54 cent.

78. — Paysage, habitations en Galicie (Espagne).

Aquarelle.

Signée.

Haut. : 41 cent. ; Larg. : 50 cent.

79. — Champ de coquelicots.

> Aquarelle.
>
> Signée.
>
>> Haut. : 39 cent. ; Larg. : 52 cent.

80. — Baie de Fontarabie.

> Aquarelle.
>
> Signée.
>
>> Haut. : 26 cent. ; Larg. : 43 cent.

81. — Chalet suisse.

> Aquarelle.
>
> Signée.
>
>> Haut. : 32 cent. ; Larg. : 49 cent.

82. — Attentat contre le roi Alphonse XII.

> Plume et lavis rehaussé de gouache.
>
> Signé.
>
>> Haut. : 37 cent. ; Larg. : 32 cent.

83. — Présentation de la jeune infante à la cour
d'Alphonse XII.

> Plume et lavis rehaussé de gouache.
>
> Signé.
>
>> Haut. : 48 cent. : Larg. : 37 cent.

84. — La misère à Londres.

Plume et lavis rehaussé de gouache.

Signé.

Haut. : 40 cent. ; Larg. : 52 cent.

85. — Les Funérailles du général Faidherbe.

Plume.

Signé.

Haut. : 48 cent. ; Larg. : 46 cent

86. — Cortège du Czar, avenue des Champs-Élysées, en 1896.

Plume et lavis rehaussé de gouache.

Signé.

Haut. : 31 cent. ; Larg. : 47 cent.

87. — Joueurs de boules à Montrouge, rue des Plantes.

Plume et lavis rehaussé de gouache.

Signé.

Haut. : 32 cent. ; Larg. : 50 cent.

88. — Piste d'entraînement à Saint-Cloud.

Plume et lavis rehaussé de gouache.

Signé.

Haut. : 30 cent, ; Larg. : 47 cent.

89. — Arrestation de bookmakers à Auteuil.

> Plume et lavis rehaussé de gouache.
>
> Signé.
>
> > Haut. : 31 cent.; Larg. : 44 cent.

90. — Le retour des courses à Auteuil.

> Plume et lavis rehaussé de gouache.
>
> Signé.
>
> > Haut. : 30 cent.; Larg. : 47 cent.

91. — Chute d'un jockey.

> Aquarelle.
>
> Signée.
>
> > Haut. : 23 cent.; Larg. : 26 cent.

92. — Types espagnols.

> Mine de plomb et aquarelle.
>
> Signé.
>
> > Haut. : 19 cent.; Larg. : 25 cent.

93. — Costumes espagnols d'Alicante.

> Plume et aquarelle.
>
> Signé.
>
> > Haut. : 22 cent.; Larg. : 16 cent.

94. — Costumes espagnols de Majorque et de Castille.

> Plume et aquarelle.
>
> Signé.
>
> > Haut. : 24 cent. ; Larg. : 31 cent.

95. — Costumes espagnols de Valence; projet pour couverture de livre.

> Aquarelle.
>
> Signée.
>
> > Haut. : 26 cent. ; Larg. : 20 cent.

96. — Costumes espagnols, trois études.

> Mine de plomb et aquarelle.
>
> Signé.

97. — Le départ du soldat, feuille de croquis.

> Plume et lavis rehaussé de gouache.
>
> Signé.
>
> > Haut. : 22 cent. ; Larg. : 16 cent.

98. — Bivar. Poésie de Victor Hugo (Légende des siècles).

> Plume et lavis rehaussé de gouache.
>
> Signé.
>
> > Haut. : 28 cent. ; Larg. : 22 cent.

99. — Projet d'affiche pour jouets.

> Plume et aquarelle.

> Signé.

>> Haut. : 26 cent.; Larg. : 17 cent.

100. — Menuet.

> Plume.

> Signé.

>> Haut. : 42 cent.; Larg. : 28 cent.

Imprimé en France
FROC011625010720
24395FR00018B/526